TOUJOURS INAVOUABLE

PATRICK POTTER
GARY SHOVE

Pour l'édition originale :
Titre original : *My people*
Publié pour la première fois au Royaume-Uni par Carpet Bombing Culture
www.carpetbombingculture.co.uk

Pour l'édition française :

Éditions Albin Michel
22, rue Huyghens, 75014 Paris
www.albin-michel.fr

Ouvrage publié sous la direction d'Aurélie Starckmann
Réalisation éditoriale : Stéphanie Taro
Textes : Patrick Potter et Gary Shove
Traduction : Christophe Billon
Relecture et correction : Audrey Peuportier
Mise en page : NoOok
Couverture © Nicolas Galy pour NoOok

ISBN : 978-2-226-48291-4
N° d'édition : 25413/01
Dépôt légal : octobre 2023
Imprimé en France par Normandie Roto Impression s.a.s.
N° d'impression : 2302475

BIENVENUE
DANS LE LIVRE
**LE PLUS
PRÉCIEUX**
DE TA
BIBLIOTHÈQUE.

Je m’appelle :

mais tu peux m’appeler :

Aujourd’hui, nous sommes le :

et je vais demander
à mon cercle d’amis et de proches
de remplir les pages de ce livre pour
le [jour / mois] :

Voici la personne qui me l'a confié :

Quand j'aurai fini de le compléter, je vais :

C’est « ma tribu »

– une capsule temporelle unique de tes amis et proches à conserver précieusement.

C’est un **journal guidé** réinventé sous forme de **projet collectif**.

Capte le micro-univers unique que tu crées avec ton cercle, composé des personnes que tu préfères.

Parce que **notre esprit est constitué des personnes aux côtés de qui nous avons grandi**.

Demande à tes amis les plus proches de maltraiter ce livre…

... PUIS
GARDE-LE
ÉTERNELLEMENT

OU

ENTERRE-LE
APRÈS
L'AVOIR NOIRCI.

Tout droit sorti de l'imprimerie, ce livre est identique à des millions d'autres exemplaires. Mais **un seul gribouillis** fait par un ami le rendra **instantanément unique**. La magie par excellence.

Dès l'instant où tes amis feront glisser leur stylo sur le papier, ils transformeront ce livre en un **véritable trésor** qui t'accompagnera tout au long des chapitres de ton existence.

Du réalisme à l'état pur.

Toucher, écriture manuscrite,
moments authentiques.
C'est de la bonne vieille magie,
du « vrai vaudou », un contact
physique ensorcelant.
Les atomes qui se mélangent.
Le support analogique sacré.

C'est bien mieux que de confier
ta vie aux algorithmes,
puis d'attendre que des robots
génèrent ta nostalgie.

**C'est
la vraie vie.**

Mais mes amis détestent écrire !

Ne t'inquiète pas, c'est d'une facilité enfantine.
Il suffit parfois de cocher des cases.
Et à d'autres moments, ils peuvent s'exprimer librement.
Certains seront peu bavards, tandis que d'autres tiendront à s'épancher.
Il y en aura pour tous les goûts.

Qui n'aime pas parler de soi ?

Choisis simplement le bon moment
et tends-leur le livre et un stylo.

Attention :

**Si quelqu'un noircit ton livre,
il faudra un jour lui renvoyer
l'ascenseur.**

Les règles :

- Laisse-les choisir la ou les pages qu'ils souhaitent remplir.
- Veille à ce qu'ils signent et datent leur contribution.
- Ignore les règles.

Mais je n'aime que trois humains dans ce monde maudit !

Un petit groupe de personnes peut remplir tout le livre par intervalles sur une longue période ou plein de personnes peuvent le noircir sur une période très courte.

Mais il est tout à fait possible que cela soit un mélange des deux.

Peu importe.

Même à moitié terminé, **il restera précieux.**

Garde-le dans ton sac et continue
de l'alimenter jusqu'à ce qu'il soit terminé.
Il sera fascinant de suivre les changements
dans ton groupe d'amis au fil du temps.
Il s'enrichira petit à petit.

Et il traduira l'esprit d'un chapitre de ta vie.

Imagine toute l'importance
qu'il revêtira à tes yeux dans cinq,
dix ou même vingt ans.

Tu sais quoi faire.

Ce livre
+ tes amis
+ un stylo
= un trésor

... ÉTAIT PRÉSENT *... À CETTE DATE* *... À CET ENDROIT*

Quelle chanson choisirais-tu comme générique de ta vie ?

Un boulot intéressant mal payé ou un boulot ennuyeux bien payé ?

Tu organises un jeu de fantasy.
Tu peux inviter 5 personnes, mortes ou vivantes, de n'importe quelle époque de l'histoire :

1.
2.
3.
4.
5.

À quels jeux joues-tu ?

J'aime / Je n'aime pas

À compléter avec un•e ami•e. Commencez par remplir la partie centrale où se chevauchent les deux cercles, en indiquant les choses que vous aimez tous les deux. Puis choisissez chacun un cercle et notez celles que chacun aime dans les espaces ne se chevauchant pas. Si vous êtes à court d'idées, commencez par la nourriture…

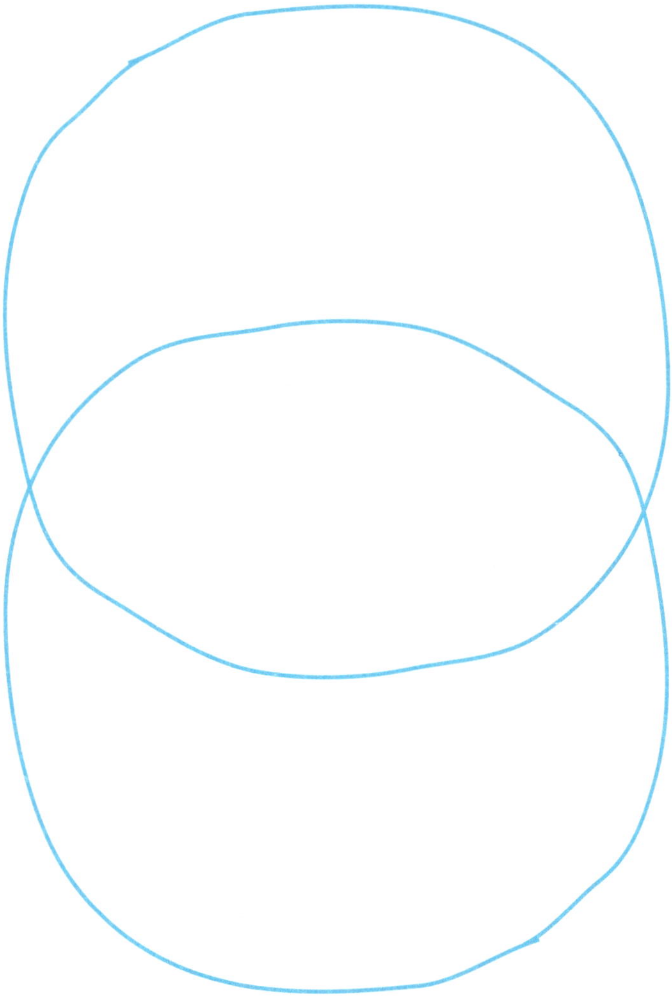

... ÉTAIT PRÉSENT *... À CETTE DATE* *... À CET ENDROIT*

On réalise un film sur toi et ton premier cercle d'amis.

Quelle est ta quête ?

Qui joue le personnage détestable ?

Quel est le point d'orgue du film ?

Quelle chanson accompagne le générique de fin ?

Quels acteurs jouent ton rôle et celui de tes amis ?

Quatre choses chères à ton cœur :

Un endroit

Un film

Un livre

Un objet

Dans la peau de qui aimerais-tu vivre pendant une journée ?

Un célèbre écrivain a écrit un roman à succès retraçant ta vie.
Quel est son titre ?

… ÉTAIT PRÉSENT *… À CETTE DATE* *… À CET ENDROIT*

Une chose…

Dont tu as besoin

Que tu souhaites

Qui te rend heureux

Qui te met en colère

Si tu pouvais faire apparaître un message sur un énorme écran devant la tour Eiffel, que dirait-il ?

Si on t'obligeait à chanter une chanson lors d'un karaoké, laquelle choisirais-tu ?

Griffonne un autoportrait, les yeux fermés.

… ÉTAIT PRÉSENT *… À CETTE DATE* *… À CET ENDROIT*

Indique tout ce que tu souhaites accomplir avant l'âge de 30 ans.

Si l'argent n'était pas un problème, mais que tu ne pouvais t'offrir qu'une seule chose, de quoi s'agirait-il ?

Quelle est la chose la plus bizarre que tu aies mangée ?

Quel livre t'a le plus influencé ?

Si tous les emplois offraient le même salaire, quel serait le travail de tes rêves ?

Qui est ton héros ?

... ÉTAIT PRÉSENT *... À CETTE DATE* *... À CET ENDROIT*

Les choses que je ne ferai jamais (tu as le droit à plusieurs choix) :

- ☐ *Aller seul au cinéma*
- ☐ *Créer une chaîne YouTube*
- ☐ *Tourner une vidéo pour TikTok*
- ☐ *M'inscrire à une salle de sport*
- ☐ *Courir un marathon*
- ☐ *Lire un livre*
- ☐ *Faire la vaisselle*
- ☐ *Rayer quelqu'un de ma vie*
- ☐ *Commencer à tenir un journal*

Qu'est-ce qui te met en colère en ce moment ?

Qui a été ton premier coup de cœur ?

Quelle photo de fond d'écran as-tu actuellement sur ton smartphone ?

Tu hérites d'un million. Qu'est-ce que tu t'achètes ?

Actuellement…

Qu'est-ce que tu ressens ?

Qu'est-ce que tu envisages de faire ?

Qu'est-ce que tu aimes ?

Qu'est-ce que tu détestes ?

... ÉTAIT PRÉSENT *... À CETTE DATE* *... À CET ENDROIT*

Quelle est ta chanson du samedi soir ?

Quelle est la chose la plus difficile que tu aies faite ?

Cite une chose qui, pour toi, ne va pas du tout dans la société.

Si on te donnait une enveloppe à l'intérieur de laquelle étaient écrites la date et l'heure de ta mort, l'ouvrirais-tu ?

Dessine la première image qui te vient à l'esprit À L'INSTANT.

... *ÉTAIT PRÉSENT* ... *À CETTE DATE* ... *À CET ENDROIT*

On te confie les rênes de ton pays pendant une journée, avec la possibilité de changer ce que tu veux.

Que fais-tu ?

... ÉTAIT PRÉSENT *... À CETTE DATE* *... À CET ENDROIT*

Le plus susceptible de...

C'est comme un annuaire d'anciens étudiants, mais en mieux, car tu choisis son contenu.

Indique un nom pour chaque énoncé :

Le plus susceptible d'intégrer un cirque

Le plus susceptible d'écrire un livre à succès

Le plus susceptible de devenir milliardaire

Le plus susceptible de remporter un César

Le plus susceptible de faire la une d'un magazine

Le plus susceptible de devenir un artiste célèbre

Réfléchis aux émotions que tu ressens en ce moment même, puis griffonne un vague autoportrait. Si tu te sens irritable ou en colère, dessine à toute vitesse. Si tu te sens détendu, dessine lentement et en douceur. Essaie de griffonner tes traits en fonction de ton humeur du moment.

... ÉTAIT PRÉSENT *... À CETTE DATE* *... À CET ENDROIT*

Indique tes éléments préférés :

Série télé

Youtubeur

Acteur

Ville

Artiste

Divulgue une chose à propos de toi qui pourrait surprendre les autres.

Si tu pouvais te retrouver, d'un claquement de doigts, ailleurs dans le monde, quel endroit choisirais-tu ?

Griffonne des visages.

... *ÉTAIT PRÉSENT* ... *À CETTE DATE* ... *À CET ENDROIT*

Invente le nom d'une nouvelle marque de vêtements.

L'un ou l'autre – *entoure ton choix* :

Mener *ou* Suivre

Comédie *ou* Thriller

Vivre en Asie *ou* Vivre en Afrique

Se projeter dans cinquante ans *ou* Revenir cent ans en arrière

Entrée *ou* Dessert

Friperie *ou* Chaîne de magasins

Travailler dur *ou* En faire le moins possible

Tête *ou* Cœur

Trouver son âme sœur *ou* Gagner au loto

Invente une langue et écris une phrase que tu seras la seule personne à comprendre.

Dessine à l'aveugle un autoportrait. Regarde un miroir ou ton smartphone en mode selfie et dessine sans poser les yeux sur le papier ni lever le stylo de la page. Commence par tracer le contour de ta tête, puis complète le dessin.
Ne regarde le dessin qu'une fois celui-ci terminé.

... ÉTAIT PRÉSENT *... À CETTE DATE* *... À CET ENDROIT*

Tu as gagné des vacances extraordinaires. Choisis UNE destination dans le monde.

Imagine que tu viens de créer ton entreprise. Quelle est son activité ?

Liste trois choses que tu fais bien :

1.
2.
3.

Si tu devais te faire passer pour un expert, quelle serait ta spécialité ?

BINGO

Lis la planche de bingo ci-dessous. Pour chaque chose vraie te concernant, fais une croix dans la case correspondante. Si tu obtiens une ligne verticale, horizontale ou diagonale de quatre croix, crie « bingo* » !

J'ai fait un selfie dans les 24 dernières heures	J'ai une platine	J'achète dans les friperies	Je suis toujours en retard
Je publie des photos d'aliments sur Instagram	Je suis abonné à une salle de sport	Je travaille à temps partiel	J'aime le rap
Je préfère écrire un SMS qu'appeler	Je suis en couple	Je n'ai pas lu un seul livre l'an passé	J'ai un travail d'appoint
Le réchauffement climatique m'inquiète	Je suis toujours à découvert	J'ai déjà démissionné	J'ai déjà utilisé des bons de réduction

Tu es aux commandes du pays pendant une journée. Classe ces thèmes par ordre d'importance :

☐ *Agriculture* ☐ *Fiscalité* ☐ *Éducation*

☐ *Santé et aide sociale* ☐ *Changement climatique*

☐ *Justice et police* ☐ *Budget de la défense*

☐ *Politique en matière de drogue et d'alcool*

* Désolé, il n'y a rien à gagner.

... ÉTAIT PRÉSENT *... À CETTE DATE* *... À CET ENDROIT*

Tu ne peux choisir qu'un seul élément et tu perdras tous les autres définitivement.
Entoure l'élément de ton choix.

PlayStation

Xbox

Nintendo

Steam

itch.io

Jeux sur mobile

Quel est l'espoir de ta génération ?

Indique une chose que tu ne mangerais sous aucun prétexte.

Mets de l'encre sur le bout de tes doigts
et fais des marques ci-dessous.

Imagine : le moment est venu de choisir un métier.
Seules les options ci-dessous sont possibles. Lequel choisis-tu ?

- ☐ *Vétérinaire*
- ☐ *Chef de cuisine*
- ☐ *Trader*
- ☐ *Acteur*
- ☐ *Psychologue*
- ☐ *Développeur web*
- ☐ *Dentiste*
- ☐ *Avocat*
- ☐ *Journaliste*
- ☐ *Pilote de ligne*
- ☐ *Coiffeur*
- ☐ *Thérapeute manuel*
- ☐ *Toiletteur canin*
- ☐ *Entrepreneur de pompes funèbres*

... ÉTAIT PRÉSENT *... À CETTE DATE* *... À CET ENDROIT*

Le meilleur des road-trips...

Qui est à bord ?

Qui conduit la voiture ?

De quelle voiture s'agit-il ?

Où vas-tu ?

Quelle est ta marque préférée ?

Où souhaites-tu te retrouver dans dix ans ?

Griffonne une chose que tu souhaites
À CET INSTANT PRÉCIS.

... ÉTAIT PRÉSENT *... À CETTE DATE* *... À CET ENDROIT*

Sur une échelle de 1 à 10.
Mets une croix pour indiquer où tu te situes sur la ligne.

Conservateur		*Libéral*
Binaire		*Non binaire*
Romantique		*Cynique*
Spontané		*Sérieux*
Intuitif		*Analytique*
Créatif		*Scientifique*
Distant		*Agressif*
Impulsif		*Capable de se maîtriser*
Économe		*Extravagant*
Patient		*Impatient*

Quelle est la chanson qui te motive le plus ?

Décris en un mot la vie sans Internet.

L'un ou l'autre – *entoure ton choix* :

Riche et seul *ou* Pauvre et aimé

Flemmard *ou* Très investi

Vérité *ou* Audace

Sortir *ou* Rester à l'intérieur

Plus de temps *ou* Plus d'argent

Voyage dans le temps *ou* Voyage dans l'espace

Tester d'abord avec précaution *ou* Plonger dans le grand bain

Faire du sport *ou* Regarder du sport

Indique trois choses qui te donnent le sourire.

1 ....

2 ....

3 ....

Invente le nom d'un nouveau style de musique.

....

Quel est ton plus grand talent ?

....

… ÉTAIT PRÉSENT *… À CETTE DATE* *… À CET ENDROIT*

Dans dix ans…

Qu'est-ce que tu achèteras ?

Qu'est-ce que tu apprendras ?

Sur quoi seras-tu concentré ?

Indique ton plaisir coupable.

Recommande une série télé à dévorer.

Griffonne un autoportrait en n'utilisant que les lettres de l'alphabet. Sers-toi de plusieurs lettres (minuscules et majuscules), de différentes tailles et de différents styles pour dessiner ton visage.

... ÉTAIT PRÉSENT *... À CETTE DATE* *... À CET ENDROIT*

Indique tes trois plus grandes peurs.

❶

❷

❸

Classe les éléments ci-dessous par ordre d'influence sur tes comportements et tes actes :

- ☐ *Génération*
- ☐ *Personnalité*
- ☐ *Parents*
- ☐ *Classe sociale*
- ☐ *Genre*
- ☐ *Sexualité*
- ☐ *Nationalité*
- ☐ *Religion/croyances*

Décris l'éducation en un mot.

Indique trois qualités du partenaire idéal.

1. ………………………………

2. ………………………………

3. ………………………………

Si tu savais que l'échec était impossible, que ferais-tu ?

………………………………

………………………………

Quelle est la dernière chose qui t'a fait rire aux éclats ?

………………………………

………………………………

Quelle cause te passionne le plus ?

………………………………

………………………………

… ÉTAIT PRÉSENT *… À CETTE DATE* *… À CET ENDROIT*

La meilleure fête…

Où se déroule-t-elle ?

Qui l'organise ?

Qui s'occupe de la musique ?

Quel est le thème ?

Tout le monde devient dingue quand :

La chose que seuls toi et tes amis trouveriez amusante.

Griffonne en utilisant un maximum d'outils :
stylos, crayons, surligneurs, blanc correcteur, maquillage,
sachets de thé, crayons de couleur, etc.

... ÉTAIT PRÉSENT *... À CETTE DATE* *... À CET ENDROIT*

Comment te décrirais-tu aux autres ? Tu n'as droit qu'à trois mots.

❶

❷

❸

Indique tes éléments préférés :

Chanson

Célébrité

Personnage de fiction

Boisson

Sport

Marque

Griffonne un autoportrait en n'utilisant que des tirets (-).
Ils peuvent être de tailles ou d'épaisseurs différentes.
Ajoute des mots qui expriment ton état d'esprit
en ce moment.

... ÉTAIT PRÉSENT *... À CETTE DATE* *... À CET ENDROIT*

Amis pour la vie ?

Depuis la première diffusion de la célèbre série Friends *dans les années 1990, un jeu répandu consiste à dire à quels amis de sa vraie vie correspondent les personnages de la série.*

Qui est Chandler dans ton cercle ?

Qui est Monica dans ton cercle ?

Qui est Phoebe dans ton cercle ?

Qui est Ross dans ton cercle ?

Qui est Rachel dans ton cercle ?

Qui est Joey dans ton cercle ?

Dessine un portrait en maintenant toujours la pointe de ton stylo ou de ton crayon en contact avec la page.

... ÉTAIT PRÉSENT *... À CETTE DATE* *... À CET ENDROIT*

As-tu déjà failli mourir ?

Cinq raisons pour lesquelles tu es ami avec le propriétaire de ce livre.

1.
2.
3.
4.
5.

Que fais-tu quand tu es en ville ?

Qui est ton professeur préféré ?

Termine les phrases suivantes.

Je n'ai jamais...

Je suis incapable de vivre sans...

Hier soir, j'ai...

La clé du bonheur, c'est...

... ÉTAIT PRÉSENT *... À CETTE DATE* *... À CET ENDROIT*

Le plus susceptible de...

C'est comme un annuaire d'anciens étudiants, mais en mieux, car tu choisis son contenu.

Indique un nom pour chaque énoncé :

Le plus susceptible de devenir enseignant

Le plus susceptible d'acheter un aller simple pour Mars

Le plus susceptible de se marier en premier

Le plus susceptible de gouverner le monde

Le plus susceptible de se faire arrêter

Le plus susceptible de devenir directeur général d'une multinationale

Griffonne une carte de ton univers social en traçant des traits épais entre les relations les plus fortes.

... *ÉTAIT PRÉSENT* ... *À CETTE DATE* ... *À CET ENDROIT*

Le propriétaire de ce livre est :

Un ami / un proche / un camarade de classe / un collègue / un coloc / un partenaire / un alter ego / ton frère ou ta sœur / ta mère / ton père / un grand-parent / un aidant / un animal de compagnie / un supérieur hiérarchique / un coach de vie / un thérapeute
(Raye les propositions qui ne conviennent pas.)

Indique un mot décrivant précisément ton état d'esprit en ce moment.

Tu ne peux choisir que trois options :
Entoure tes choix.

Jazz / rap / k-pop / électro / heavy rock / country

punk / soul / classique / techno / dubstep / rock indé

dance / musique pop / folk / grime / R&B

reggae / musique d'ambiance / drum'n'bass / trance

Si tu ne pouvais aller que dans un seul restaurant jusqu'à la fin de tes jours, lequel choisirais-tu ?

Cite une chose que tu n'as pas.

Griffonne comme tu le fais généralement
lorsque tu t'ennuies.

… ÉTAIT PRÉSENT *… À CETTE DATE* *… À CET ENDROIT*

Quels sont tes textes sacrés ?

(Pas simplement des livres. Un « texte sacré » peut être un élément culturel extrêmement important pour ton premier cercle, comme un film ou même un fil sur un réseau social.)

Liste-les ci-dessous :

Griffonne ton animal totem.

... ÉTAIT PRÉSENT *... À CETTE DATE* *... À CET ENDROIT*

Indique...

Ton film préféré

Ton livre préféré

Ton DJ préféré

Ta couleur préférée

Ton mot préféré

La célébrité pour qui tu as un faible

Griffonne un autoportrait en n'utilisant que des chiffres.
Utilise plein de chiffres, de différents styles et tailles,
pour dessiner ton visage.

... ÉTAIT PRÉSENT ... À CETTE DATE ... À CET ENDROIT

Entoure la réponse que tu juges exacte :

Je suis toujours prêt :	☐ *Vrai*	☐ *Parfois*	☐ *Faux*
Je suis pessimiste :	☐ *Vrai*	☐ *Parfois*	☐ *Faux*
Je stresse facilement :	☐ *Vrai*	☐ *Parfois*	☐ *Faux*
Je me sens meilleur que les autres :	☐ *Vrai*	☐ *Parfois*	☐ *Faux*
J'aime me tenir aux plans que j'échafaude :	☐ *Vrai*	☐ *Parfois*	☐ *Faux*
J'ai beaucoup d'imagination :	☐ *Vrai*	☐ *Parfois*	☐ *Faux*
Je fais passer les autres avant moi :	☐ *Vrai*	☐ *Parfois*	☐ *Faux*
Je me fais des amis facilement :	☐ *Vrai*	☐ *Parfois*	☐ *Faux*

Sur Internet, où trouves-tu des personnes comme toi ?

Quelle est ta citation de film préférée ?

BINGO

Lis la planche de bingo ci-dessous. Pour chaque chose vraie te concernant, fais une croix dans la case correspondante. Si tu obtiens une ligne verticale, horizontale ou diagonale de quatre croix, crie « bingo* » !

Romantique	Ambitieux	Religieux/ spirituel	Timide
Sportif	Difficile	Étourdi	Politique
Sarcastique	Sensible	Sans inhibitions	Esprit de compétition
Désordonné	Avec des opinions arrêtées	Rebelle	Impulsif

Que fais-tu généralement le week-end ?

Indique le premier mot de trois lettres qui te vient à l'esprit.

* Désolé, il n'y a rien à gagner.

... *ÉTAIT PRÉSENT* ... *À CETTE DATE* ... *À CET ENDROIT*

L'année sabbatique idéale avant d'entrer à la fac.

Où vas-tu ?

Avec qui ?

Qu'est-ce qui figure sur ta liste de choses à faire ?

Indique une chose qui te stresse.

Griffonne un portrait. Exprime ton humeur avec créativité en dessinant et en ajoutant des mots et des images.

... ÉTAIT PRÉSENT *... À CETTE DATE* *... À CET ENDROIT*

Que fais-tu généralement lors d'une fête ?

Un célèbre compositeur a écrit une chanson sur toi.
Quel est son titre ?

Note ta vie...

Mets une croix pour indiquer où tu te situes sur la ligne.

Maîtrise de soi	*Faible*		*Élevée*
Stress	*Faible*		*Élevée*
Amour de l'argent	*Faible*		*Élevé*
Intelligence	*Faible*		*Élevée*
Apparence	*Faible*		*Élevée*
Conscience professionnelle	*Faible*		*Élevée*
Imagination / créativité	*Faible*		*Élevée*
Vie amoureuse	*Faible*		*Élevée*
Propension à l'ennui	*Faible*		*Élevée*

Passe en revue tes pensées heureuses et griffonne librement pendant trois minutes. Puis regarde le résultat.

… ÉTAIT PRÉSENT *… À CETTE DATE* *… À CET ENDROIT*

Confession. Révèle un dossier te concernant.

Que fais-tu le soir ?

Quel est ton jeu préféré ?

Décris un dimanche matin classique.

Tu n'as droit qu'à un seul choix. Tu perds définitivement toutes les autres options. *Entoure l'élément de ton choix.*

Amazon Prime

Netflix

Disney +

Paramount +

My Canal

Apple TV+

beIN Sports

Twitch

YouTube

Décris en un mot à quoi ressemble, aux yeux des autres, ta relation avec tes plus proches amis.

Quelle est ta théorie du complot préférée ?

... ÉTAIT PRÉSENT *... À CETTE DATE* *... À CET ENDROIT*

Le plus susceptible de...

C'est comme un annuaire d'anciens étudiants, mais en mieux, car tu choisis son contenu.

Indique un nom pour chaque énoncé :

Le plus susceptible d'entrer dans une secte

Le plus susceptible d'avoir son émission de téléréalité

Le plus susceptible de prendre la tête d'une manif

Le plus susceptible de devenir influenceur

Le plus susceptible d'épouser une personne tout juste rencontrée

Le plus susceptible d'être en tête des ventes de disques

Griffonne un autoportrait en n'utilisant
que des flèches, de différentes tailles et épaisseurs,
pointant dans diverses directions.

... ÉTAIT PRÉSENT *... À CETTE DATE* *... À CET ENDROIT*

Décris le moment où tu t'es dit que tu allais devenir ami avec le propriétaire de ce livre.

Dans dix ans, où...

Vivras-tu ?

Travailleras-tu ?

Iras-tu en vacances ?

Décris un moment où tu t'es senti physiquement lié à un ami proche.

Écris un haïku. Trois lignes brèves sans rimes. Le haïku type a une première ligne de 5 syllabes, une deuxième ligne de 7 syllabes et une troisième ligne de 5 syllabes. La troisième ligne doit contenir un changement de ton surprenant.

L'un ou l'autre – *entoure ton choix* :

Réactif *ou* Proactif

Optimiste *ou* Pessimiste

Penser à voix haute *ou* Garder ses pensées pour soi

Sens pratique *ou* Imaginatif

Ordonné *ou* Désordonné

Introverti *ou* Extraverti

... ÉTAIT PRÉSENT *... À CETTE DATE* *... À CET ENDROIT*

Selon toi, comment les autres te décrivent-ils quand tu n'es pas dans les parages ?

Une chose...

Dont tu ne seras jamais rassasié

Que tu voudrais bien voir diminuer

Qui t'ennuie

Qui te fait peur

Quelle est la dernière chose que tu as montrée à quelqu'un sur ton smartphone ?

On réalise un film sur toi et ton premier cercle d'amis.

Quel acteur joue ton rôle ?

Quel morceau de musique est joué dans le générique de début ?

Qui est l'ennemi ?

Quel est le rebondissement final ?

Quel est ton style de leadership ? *Entoure ton choix :*

Fais comme je dis / Agissons ensemble / À toi de me dire

Procédons à un vote / Fais ce que tu veux / Agis

Il ne peut y avoir qu'un seul réseau social.

Lequel choisis-tu ?

... ÉTAIT PRÉSENT *... À CETTE DATE* *... À CET ENDROIT*

Quels sont les cinq principaux sujets de conversation quand tu es avec tes plus proches amis ?

1.
2.
3.
4.
5.

L'un ou l'autre — *entoure ton choix :*

Couche-tôt *ou* Noctambule

Grandes marches *ou* Longues discussions

Vivre à l'étranger *ou* Vivre en France

Film d'horreur *ou* Comédie romantique

Dépenser *ou* Économiser

En boutique *ou* En ligne

Cite une chose ou une personne qui t'incite à réussir.

Fiction / Non-fiction

CROYANCES.

À compléter avec un•e ami•e. Commencez par remplir la partie centrale où se chevauchent les deux cercles, en indiquant les choses que vous aimez tous les deux. Puis choisissez chacun un cercle et notez celles que chacun aime dans les espaces ne se chevauchant pas. Voici quelques idées pour vous aider à démarrer :

Dieu / dieux / déesse / fantômes / vie après la mort / extraterrestres / esprits frappeurs / médiums / voyants / guérison par la foi / fées / anges / guides spirituels

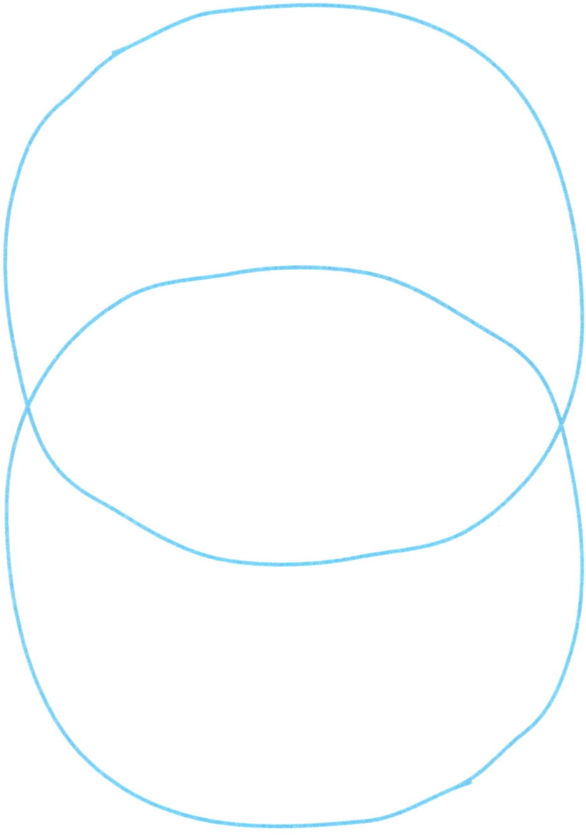

... ÉTAIT PRÉSENT *... À CETTE DATE* *... À CET ENDROIT*

Quelles sont tes cinq principales peurs, actuellement ?

1.
2.
3.
4.
5.

Comment le propriétaire de ce livre t'a-t-il persuadé d'écrire dedans ?
(Barre les options qui ne s'appliquent pas.)

Battage pour vanter les mérites de ce livre / contrainte

chantage / corruption / troc / persuasion / insistance

violence légère / hypnose / autre (préciser)

Quand as-tu ri aux larmes pour la dernière fois ?

Indique trois prédictions :

1. ....

2. ....

3. ....

Donne le nom d'une personne que tu as envie de frapper.

....

L'un ou l'autre — *entoure ton choix* :

Chien *ou* Chat

Ville *ou* Campagne

Barbecue *ou* Pizza au feu de bois

Mer *ou* Montagne

Cinéma *ou* Concert

Fantômes *ou* Extraterrestres

Parc à thème *ou* Parc aquatique

... ÉTAIT PRÉSENT *... À CETTE DATE* *... À CET ENDROIT*

Classe les éléments suivants par ordre d'influence sur ton comportement et tes actes :

- ☐ *Psychologie*
- ☐ *Actualité*
- ☐ *Santé physique*
- ☐ *Nationalité*
- ☐ *Croyances*
- ☐ *Richesse matérielle*
- ☐ *Parents*
- ☐ *Amis*

Imagine-toi contraint d'avoir une activité complémentaire pour gagner plus d'argent. Quelle serait-elle ?

Quel est ton oiseau préféré ?

Griffonne quelque chose qui représente ta chanson préférée, toutes époques confondues.

... ÉTAIT PRÉSENT *... À CETTE DATE* *... À CET ENDROIT*

À quelle génération appartiens-tu ?

- ☐ *Baby-boomer*
- ☐ *Génération X*
- ☐ *Génération Y*
- ☐ *Génération Z*
- ☐ *Génération alpha*
- ☐ *Autre (préciser)*

Quel film conseillerais-tu de voir ?

Quelle période historique t'aurait le mieux convenu ?

Indique trois choses qui t'obsèdent :

1.
2.
3.

Griffonne un autoportrait en te servant
de ta main non dominante.

... ÉTAIT PRÉSENT *... À CETTE DATE* *... À CET ENDROIT*

Indique tes trois chansons préférées de tous les temps :

1.
2.
3.

Est-ce que tu te sens en phase avec tes contemporains
ou as-tu le sentiment de ne pas vivre à la bonne époque ?

Quelle trace laisseras-tu selon toi ?

Si tu pouvais poser une question à ton futur moi, quelle serait-elle ?

COMPÉTENCES & TALENTS

À compléter avec un•e ami•e. Commencez par remplir la partie centrale où se chevauchent les deux cercles, en indiquant les choses que vous aimez tous les deux. Puis choisissez chacun un cercle et notez celles que chacun aime dans les espaces ne se chevauchant pas. Si vous manquez d'idées, commencez par exemple par la scolarité.

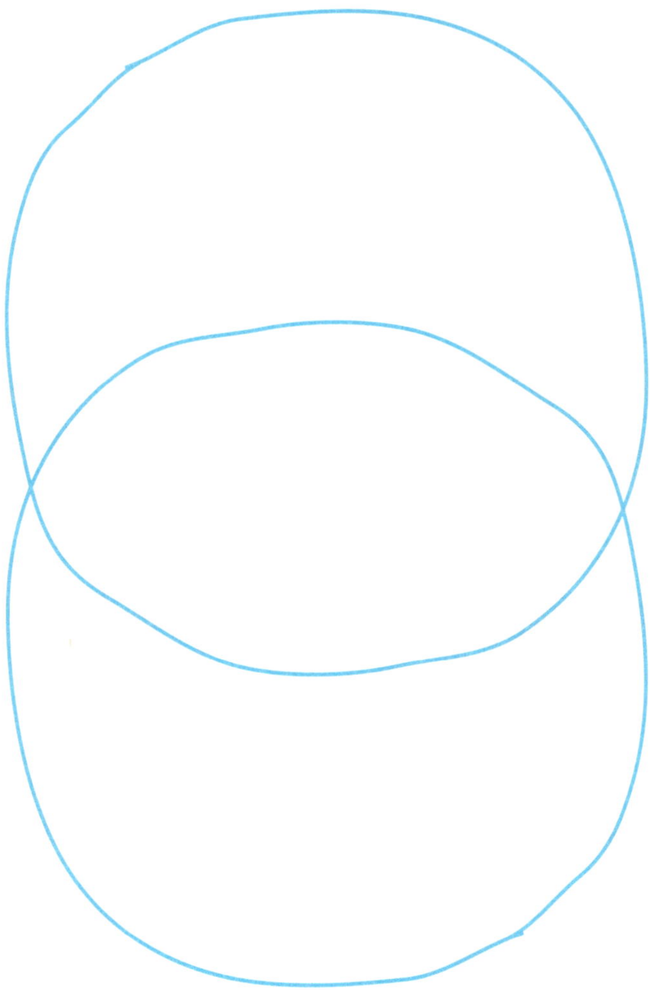

... ÉTAIT PRÉSENT *... À CETTE DATE* *... À CET ENDROIT*

Imaginez un dîner de rêve.
Choisissez cinq participants (morts ou vivants / appartenant à n'importe quelle période de l'histoire) :

1.
2.
3.
4.
5.

Où se tient ce dîner ?

Qui se charge de l'animation de la soirée ?

Quelle entrée est au menu ?

Quel est le plat principal ?

Quel est le dessert ?

Quelles boissons sont servies ?

Quel genre de musique est diffusé ?

Quels jeux sont proposés après le dîner ?

... *ÉTAIT PRÉSENT* ... *À CETTE DATE* ... *À CET ENDROIT*

Que penses-tu des études supérieures ?

- [ ] *C'est un privilège et non un droit*
- [ ] *C'est jeter l'argent par les fenêtres*
- [ ] *Tout le monde devrait saisir sa chance*
- [ ] *Je ne pense jamais au passé*
- [ ] *Il faut occuper les universités !*

Si on te téléportait dix ans en arrière, que dirais-tu à ton moi plus jeune ?

Que font les gens de ta génération qui fera rire ceux de la prochaine génération ?

Griffonne un autoportrait sous forme de caricature.
Si tu manques d'inspiration, dessine une tête plus grosse que le corps ou accentue une partie de ton corps qui te représente bien.

... ÉTAIT PRÉSENT *... À CETTE DATE* *... À CET ENDROIT*

Je ne ferai jamais... (*Coche les choix correspondants.*)

- ☐ *Utiliser des bombes de bain*
- ☐ *Fouiller dans le téléphone d'un ami*
- ☐ *Écrire un poème*
- ☐ *Aller sur une appli de rencontres*
- ☐ *Me faire poser un piercing*
- ☐ *Aller à la chasse*
- ☐ *Jouer au golf*
- ☐ *Boire du vin*
- ☐ *Tromper quelqu'un*
- ☐ *Vapoter*
- ☐ *Recourir à la chirurgie esthétique*

Si tu pouvais changer quelque chose chez toi, de quoi s'agirait-il ?

Si tu pouvais voyager dans le temps, quelle période de l'histoire choisirais-tu ?

Griffonne une chose que tu aimes.

... ÉTAIT PRÉSENT *... À CETTE DATE* *... À CET ENDROIT*

Indique ce que tu fais en ce moment.

Ce que tu regardes à la télévision

Ce que tu lis

Ce que tu écoutes comme musique

Ce dont tu as très envie

En quoi ta génération va-t-elle agir différemment ?

Griffonne un autoportrait en n’utilisant que des lignes ondulées, de différentes tailles et épaisseurs.

... ÉTAIT PRÉSENT *... À CETTE DATE* *... À CET ENDROIT*

Indique

Ton groupe de musique préféré

Ta chaîne TikTok préférée

Ton aliment préféré

Ton endroit préféré

Ton film préféré

Ton passe-temps préféré

Qui jouerait ton personnage dans le film retraçant ton existence ?

BINGO

Lis la planche de bingo ci-dessous. Pour chaque chose vraie te concernant, fais une croix dans la case correspondante. Si tu obtiens une ligne verticale, horizontale ou diagonale de quatre croix, crie « bingo* » !

Je suis un obsédé du contrôle	J'ai créé une liste de souhaits	J'ai plus de cinq très bons amis	Je crois en la réincarnation
Je suis beaucoup trop actif sur les réseaux	Ma chambre est en désordre	Je soutiens toujours le héros	Je n'ai pas de passeport
Je joue dans une équipe	Je n'aime pas l'exercice physique	J'aime les chats	J'ai plus de deux frères et sœurs
J'ai déjà monté à cheval	Je soutiens toujours le bandit	Ma chambre est rangée	J'ai les cheveux teints

Trois mots pour décrire ta génération :

1. ....

2. ....

3. ....

Le sens de la vie, c'est :

....

....

* Désolé, il n'y a rien à gagner.

... ÉTAIT PRÉSENT ... À CETTE DATE ... À CET ENDROIT

Sur une échelle de 1 à 10.

Sur chaque ligne, mets une croix à l'endroit où tu te situes.

Secret		*Ouvert*
Homosexuel		*Hétérosexuel*
Curieux		*Prudent*
Organisé		*Désorganisé*
Passif		*Actif*
Conformiste		*Original*
Décidé		*Procrastinateur*
Cerveau		*Muscles*
Replié sur soi		*Sociable*
Drôle		*Sérieux*

Un livre que tu recommanderais.

Que fais-tu quand tu t'ennuies ?

Griffonne un autoportrait en utilisant uniquement
des cercles, de différentes tailles et épaisseurs.

... ÉTAIT PRÉSENT *... À CETTE DATE* *... À CET ENDROIT*

En premier, la bonne ou la mauvaise nouvelle ?

Si tu pouvais prendre la place d'un personnage célèbre de l'histoire, qui choisirais-tu ?

Termine les phrases suivantes...

L'avenir, c'est...

Je me mets vraiment en colère quand...

Je ne veux pas...

Indique un domaine dans lequel tu es extrêmement bon.

....

Si tu possédais un bateau, comment s'appellerait-il ?

....

Compétences générales.

Note-toi sur 10 pour chacune des compétences générales suivantes :

Motivation ◯ / 10

Négociation ◯ / 10

Empathie ◯ / 10

Échanges de banalités ◯ / 10

Débats ◯ / 10

Assurance ◯ / 10

Réflexion ◯ / 10

Acceptation des critiques ◯ / 10

Acceptation des compliments ◯ / 10

Organisation ◯ / 10

... ÉTAIT PRÉSENT *... À CETTE DATE* *... À CET ENDROIT*

Quelle chanson toi et tes amis connaissez-vous par cœur ?

Trois éléments figurant sur ta liste de souhaits :

1.
2.
3.

En ce moment...

Ce que tu souhaites

Ce dont tu as besoin

Ce qui t'ennuie

Ce qui te manque

Si tu devais devenir célèbre dans le futur, ce serait pour quelle(s) raison(s) ?

Si tu pouvais acquérir une compétence, qualité ou faculté, laquelle choisirais-tu ?

Tu ne peux garder que trois éléments :
Entoure tes choix.

Netflix / cinéma / musique / MTV / Facebook

Twitter / Snapchat / TikTok / Instagram / WhatsApp

Xbox / Nintendo / PlayStation / smartphone

Remplis l'espace ci-dessous à l'aide de mots que seuls les membres de ta génération emploient.

... ÉTAIT PRÉSENT *... À CETTE DATE* *... À CET ENDROIT*

Décris une année de voyages de rêve avec ton cercle restreint.

Où iriez-vous tous ensemble ?

Quels modes de transport utiliseriez-vous ?

Qu'est-ce qui pourrait mal tourner ?

Qu'est-ce qui se déroulerait sans accrocs ?

Quel est ton souvenir le plus cher ?

Remplis cet espace en dressant la liste des personnes et endroits qui influent sur la personne que tu es.

... ÉTAIT PRÉSENT *... À CETTE DATE* *... À CET ENDROIT*

Si tu pouvais demander à une boule de cristal la réponse infaillible à une question, que souhaiterais-tu savoir ?

Une chose...

À laquelle tu crois

Que tu veux essayer

Que tu ne souhaites pas faire

Que tu aimes

Rédige un message secret en écriture miroir.

L'un ou l'autre — *entoure ton choix* :

Individualisme *ou* Esprit collectif

Chef de cuisine personnel *ou* Coach personnel

Ambitieux *ou* Dilettante

Romantique *ou* Réaliste

Vêtements de marque originaux *ou* Imitation

Spontanéité *ou* Stabilité

... ÉTAIT PRÉSENT *... À CETTE DATE* *... À CET ENDROIT*

Tu trouves une lampe. Un génie surgit.
Tu peux faire trois vœux. Quels sont-ils ?

1.

2.

3.

Meilleur rencard au monde...

Qui est assis en face de toi au restaurant ?

Où vas-tu et que fais-tu ?

Où manges-tu ?

Moment le plus mémorable ?

Quel est le plus gros animal contre lequel tu pourrais te battre à mains nues ?

Chaque génération véhicule la promesse d'un nouveau monde. Quelle est la tienne ?

Combien d'heures par jour passes-tu les yeux rivés sur un écran ?

Décris ton amitié avec le propriétaire de ce livre en n'utilisant que des verbes.

... *ÉTAIT PRÉSENT* ... *À CETTE DATE* ... *À CET ENDROIT*

Le plus susceptible de...

C'est comme un annuaire d'anciens étudiants, mais en mieux, car tu choisis son contenu.

Indique un nom pour chaque énoncé :

Le plus susceptible de se voir demander sa carte d'identité malgré ses 30 ans

Le plus susceptible d'écrire une chanson à succès

Le plus susceptible de devenir enseignant

Le plus susceptible de voir son nom circuler sur les réseaux sociaux

Le plus susceptible de battre un record du monde

Le plus susceptible d'épouser une célébrité

Remplis cet espace en dressant la liste des choses qui te mettent en colère.

Termine les phrases suivantes :

J'ai le cœur brisé lorsque...

Je me sens coupable lorsque...

Je souhaite...

Décris ta personnalité en trois mots :

1.
2.
3.

... *ÉTAIT PRÉSENT* ... *À CETTE DATE* ... *À CET ENDROIT*

C'est toi et personne d'autre.

Choisis les cinq qualités que tu rechercherais chez un partenaire :

- ☐ *Amoureux*
- ☐ *Intelligent*
- ☐ *Confiant*
- ☐ *Authentique*
- ☐ *Affectueux*
- ☐ *Empathique*
- ☐ *Ouvert d'esprit*
- ☐ *Unique*
- ☐ *Respectueux*
- ☐ *Indépendant*
- ☐ *Mêmes centres d'intérêt*
- ☐ *Combattant*
- ☐ *Drôle*
- ☐ *Mûr*
- ☐ *Intègre*
- ☐ *Intrépide*
- ☐ *Émotionnellement mûr*
- ☐ *Honnête*
- ☐ *Sensible*
- ☐ *Responsable*
- ☐ *Physiquement séduisant*

Indique trois endroits où tu aimerais vivre.

❶ ....

❷ ....

❸ ....

Tu ne peux choisir qu'un seul élément et tu perdras tous les autres définitivement.

Entoure ton choix.

Vinyle *CD* *Streaming* *Cassette*

Griffonne un autoportrait en n'utilisant que des lignes droites, de différentes tailles et épaisseurs.

... ÉTAIT PRÉSENT *... À CETTE DATE* *... À CET ENDROIT*

Ta génération te semble-t-elle unie ou divisée ?

Indique trois choses qui t'inspirent.

1.
2.
3.

Ta playlist idéale.
Quels sont les cinq premiers morceaux figurant dessus ?

1.
2.
3.
4.
5.

Griffonne une représentation de l'enfer.

Griffonne une représentation du paradis.

... ÉTAIT PRÉSENT *... À CETTE DATE* *... À CET ENDROIT*

Qu'est-ce qui te paraît le plus ridicule chez les précédentes générations ?

Les choses que je ne ferai jamais *(Coche les choix correspondants.)*

- ☐ *Sortir avec quelqu'un que je ne connais pas*
- ☐ *Mentir à un ami*
- ☐ *Utiliser une arme*
- ☐ *Me faire faire un tatouage*
- ☐ *Être enseignant*
- ☐ *Entrer dans l'armée*
- ☐ *Travailler dans un fast-food*
- ☐ *Lire un livre sans images*

Si tu pouvais faire disparaître immédiatement une chose dans notre monde, quelle serait-elle ?

Indique…

Ton vêtement préféré

Ton endroit préféré pour faire les magasins

Ta série télé préférée

Ton équipe préférée

Ton encas préféré

Ton animal préféré

Sur ta liste de souhaits, quel élément arrive en premier ?

Quelle est ta citation préférée ?

... ÉTAIT PRÉSENT *... À CETTE DATE* *... À CET ENDROIT*

Le plus susceptible de...

C'est comme un annuaire d'anciens étudiants, mais en mieux, car tu choisis son contenu.

Indique un nom pour chaque énoncé :

Le plus susceptible de devenir célèbre

Le plus susceptible de diriger le pays

Le plus susceptible de faire du stand-up

Le plus susceptible de devenir célèbre sur Instagram

Le plus susceptible de remporter un prix Nobel

Le plus susceptible de devenir activiste

L'un ou l'autre – *entoure ton choix* :

Streetfood *ou* Restaurant

Pas de musique pendant un mois *ou* Pas de télévision pendant un mois

Grasse matinée *ou* Coucher tardif

Optimisme *ou* Réalisme

Bowling *ou* Karting

Expert dans un domaine *ou* Bon dans de nombreux domaines

Festival de musique *ou* Pièce de théâtre

Remplis cet espace en dressant la liste des choses qui te rendent heureux.

Quelles sont tes paroles de chanson préférées ?

… *ÉTAIT PRÉSENT* … *À CETTE DATE* … *À CET ENDROIT*

Que se passe-t-il après la mort ? *(Coche une réponse.)*

- ☐ *Tu te réincarnes*
- ☐ *Ton âme passe dans un autre univers*
- ☐ *Tu vas au paradis ou en enfer, en fonction de ce que tu as fait*
- ☐ *Rien. C'est fini. Tu es mort*
- ☐ *Tu rejoins le cycle infini du carbone*
- ☐ *Autre (préciser)*

Un mot pour décrire précisément ton état d'esprit en ce moment même.

À quoi ressemble l'avenir pour ta génération ?

Dessine un tatouage résumant ton identité.

... ÉTAIT PRÉSENT *... À CETTE DATE* *... À CET ENDROIT*

Une chose...

Qui te passionne

Qui te rend dingue

Qui te manque

Sans laquelle tu ne peux pas vivre

Tu ne peux garder que trois éléments :
Entoure tes choix.

Chocolat / fromage / tacos / légumes / beignets

pizza / burger / poulet rôti / glace / fruits / frites

pâtes / hot dog / salade / cookies / tofu / desserts

Quel est ton chiffre ou nombre porte-bonheur ?

Griffonne un autoportrait dans un style surréaliste, genre « Picasso » ou « cubisme ». Place les différentes parties de ton visage à divers endroits.

... ÉTAIT PRÉSENT *... À CETTE DATE* *... À CET ENDROIT*

Compétences générales.

Note-toi sur 10 pour chacune des compétences générales suivantes :

Intelligence émotionnelle / 10

Communication / 10

Esprit d'équipe / 10

Flexibilité / 10

Créativité / 10

Résolution de problèmes / 10

Pensée critique / 10

Leadership / 10

Gestion du temps / 10

Séduction / 10

Si tu pouvais obtenir un billet pour n'importe quel spectacle, concert ou événement ayant marqué l'histoire, lequel choisirais-tu ?

Si tu pouvais vivre dans la tête d'une autre personne pendant une journée, qui choisirais-tu ?

BINGO

Lis la planche de bingo ci-dessous. Pour chaque chose vraie te concernant, fais une croix dans la case correspondante. Si tu obtiens une ligne verticale, horizontale ou diagonale de quatre croix, crie « bingo* » !

J'ai un emploi	Je n'ai pas d'animal de compagnie	J'ai un tatouage	Je suis végan/ végétarien
Je parle une langue étrangère	J'ai une allergie	Je joue d'un instrument	Je déteste les fast-foods
J'ai eu une fracture	Je n'ai pas de surnom	Je suis déjà allé à l'étranger	Je suis passé à la télévision
J'ai eu un rendez-vous avec quelqu'un que je ne connaissais pas	Je ne sais pas nager	Je suis gaucher	Je n'ai jamais skié

Indique trois métiers que tu pourrais faire dans le futur.

1 ....

2 ....

3 ....

Si tu montais ta start-up, comment s'appellerait-elle ?

....

* Désolé, il n'y a rien à gagner.

... ÉTAIT PRÉSENT *... À CETTE DATE* *... À CET ENDROIT*

Le plus susceptible de...

C'est comme un annuaire d'anciens étudiants, mais en mieux, car tu choisis son contenu.

Indique un nom pour chaque énoncé :

Le plus susceptible de créer une secte

Le plus susceptible de devenir un phénomène sur YouTube

Le plus susceptible de finir en prison

Le plus susceptible de se marier pour l'argent

Le plus susceptible de devenir président

Le plus susceptible de devenir un scientifique fou

Effectue une page de lettrage manuscrit.

... ÉTAIT PRÉSENT *... À CETTE DATE* *... À CET ENDROIT*

Si tu pouvais interpréter un rôle dans n'importe quel film existant, quel film choisirais-tu ?

Compétences générales.
Note-toi sur 10 pour chacune des compétences générales suivantes :

Énergie, passion et optimisme ◯ / 10

Confiance en soi ◯ / 10

Créativité et imagination ◯ / 10

Sang-froid ◯ / 10

Prise de parole en public ◯ / 10

Résilience et persévérance ◯ / 10

Sens de l'humour ◯ / 10

Quel événement s'étant produit l'an dernier garderas-tu toujours en mémoire ?

Quel devrait être l'âge légal pour les activités suivantes ?

- ☐ *Conduite*
- ☐ *Port d'arme*
- ☐ *Responsabilité pénale*
- ☐ *Consommation d'alcool*
- ☐ *Droit de vote*
- ☐ *Mariage*

Quel est ton vêtement préféré ?

....

Cite tes trois films préférés de tous les temps :

1. ....
2. ....
3. ....

Dans cinquante ans, quel serait le titre de ton autobiographie ?

....

On te demande de faire le DJ à une fête.
Par quel morceau démarres-tu ?

....

... *ÉTAIT PRÉSENT* ... *À CETTE DATE* ... *À CET ENDROIT*

Les dix choses figurant sur ta liste de souhaits :

1. ....
2. ....
3. ....
4. ....
5. ....
6. ....
7. ....
8. ....
9. ....
10. ....

BINGO

Lis la planche de bingo ci-dessous. Pour chaque chose vraie te concernant, fais une croix dans la case correspondante. Si tu obtiens une ligne verticale, horizontale ou diagonale de quatre croix, crie « bingo* » !

J'ai un piercing	Je dors avec une peluche	Je prends une résolution pour la nouvelle année	Je suis membre d'un club
J'ai un animal de compagnie	Je crois en la réincarnation	Je suis noctambule	Je souhaite prendre une année sabbatique
J'ai un deuxième prénom	J'ai des goûts de luxe	J'ai plus de trois bons amis	Je préfère les animaux aux humains
J'ai déjà participé à un karaoké	J'ai eu un rendez-vous avec quelqu'un que je ne connaissais pas	Je suis capable de cuisiner trois plats	Je suis lève-tôt

Si tu pouvais interpréter un rôle dans n'importe quelle série télé existante, laquelle choisirais-tu ?

Est-ce que tu dis toujours la vérité ? *(Coche une réponse.)*

☐ *Non* ☐ *Oui*

☐ *La plupart du temps, mais il m'arrive de dire de pieux mensonges*

☐ *Je dis aux gens ce qu'ils ont besoin d'entendre, selon moi*

☐ *C'est quoi la « vérité », en fait, quand on y réfléchit bien ?*

* Désolé, il n'y a rien à gagner.

... ÉTAIT PRÉSENT *... À CETTE DATE* *... À CET ENDROIT*

Imagine, le moment est venu pour toi de choisir un métier, uniquement parmi ceux ci-dessous. Lequel choisis-tu ?

- ☐ *Créateur de mode*
- ☐ *Médecin*
- ☐ *Barman*
- ☐ *Gardien de zoo*
- ☐ *Policier*
- ☐ *Comptable*
- ☐ *Chauffeur de taxi*
- ☐ *Enseignant*
- ☐ *Détective privé*
- ☐ *Graphiste*
- ☐ *Coach sportif*
- ☐ *Maître-nageur / sauveteur*
- ☐ *Psychothérapeute*
- ☐ *Agent immobilier*
- ☐ *Bibliothécaire*

Si toi et tes amis créiez un groupe de musique pop, comment s'appellerait-il ?

Invente un mot et donne sa définition.

Quel aliment te rappelle la maison de ton enfance ?

Cite une personne qui a eu beaucoup d'influence dans ta vie.

Si tu pouvais appeler au téléphone une personne morte ou vivante de n'importe quelle époque de l'histoire, qui choisirais-tu ?

Une chanson à conseiller.

... *ÉTAIT PRÉSENT* ... *À CETTE DATE* ... *À CET ENDROIT*

Le moment est venu de prédire ton avenir... dans vingt ans :

Quel objet sera toujours cher à ton cœur ?

Seras-tu marié ou célibataire ?

Où vivras-tu ?

Quel sera ton travail ?

Quel passe-temps auras-tu ?

Quelle sera ta plus grande réussite ?

Quel sera ton plus gros échec ?

Quel rêve auras-tu réalisé ?

Remplis cette page en griffonnant les éléments suivants :
fleurs, beignets,yeux, étoiles, couronnes, planètes, arbres, ballons de plage, parapluies, cactus, poissons, oiseaux, soleils, squelettes, fusées, foudre, cœurs, crânes, poignards, flèches, fantômes, tatouages, avions, méduses, lèvres, croix.
Essaie d'en mettre le plus possible.

... ÉTAIT PRÉSENT *... À CETTE DATE* *... À CET ENDROIT*

L'avenir est...

Tu as deux minutes pour te projeter dans vingt-cinq ans. Réfléchis à toutes les choses qui vont se produire dans le monde. Qu'est-ce qui a changé ? Quelles découvertes ont été faites ? En quoi la société est-elle différente ?

Énumère tes prévisions ci-dessous :

Gribouille ta citation / ton adage / tes paroles de chanson préférés.

... ÉTAIT PRÉSENT *... À CETTE DATE* *... À CET ENDROIT*

Termine la phrase suivante :

Mon rêve est de...

Quelle est la tragédie de ta génération ?

L'un ou l'autre — *entoure ton choix* :

Personnalité *ou* Apparence

Commander *ou* Aller au restaurant

Jeu de société *ou* Jeu vidéo

Instagram *ou* Twitter

Adepte du canapé *ou* Adepte de la salle de sport

Animaux *ou* Humains

Commencer tôt *ou* Finir tard

Appeler *ou* Envoyer un SMS

Indique le premier mot de quatre lettres qui te vient à l'esprit.

Illustre cet espace à l'aide d'une réflexion ou d'un conseil.

... ÉTAIT PRÉSENT *... À CETTE DATE* *... À CET ENDROIT*

Résume l'année passée en un seul mot :

On tourne un film sur l'histoire de ta vie. Quel est son titre ?

Si tu devais donner un nom à ta tribu, quel serait-il ?

Classe les éléments suivants par ordre d'influence sur ton comportement et tes actes :

- *Génération*
- *Identité régionale*
- *Ambition*
- *Valeurs*
- *Niveau d'instruction*
- *Ethnicité*
- *Amis*
- *Parents*

BINGO

Lis la planche de bingo ci-dessous. Pour chaque chose vraie te concernant, fais une croix dans la case correspondante. Si tu obtiens une ligne verticale, horizontale ou diagonale de quatre croix, crie « bingo* » !

J'ai plusieurs tatouages	J'ai moins de cinq amis proches	Je suis abonné à une salle de sport (mais je n'y vais jamais)	Je déteste les gens qui mâchent leur chewing-gum en faisant du bruit
J'ai déjà tapé l'incruste dans une fête	Je souffre du syndrome de l'imposteur	J'ai déjà trompé quelqu'un	J'ai déjà pris l'avion
Je suis abonné à une salle de sport	J'ai un ami taiseux	Je suis flexitarien	J'ai déjà utilisé une fausse carte d'identité
J'ai déjà vécu un triangle amoureux	J'ai un sac cabas	J'ai séché les cours au moins deux fois	J'ai déjà coupé les ponts avec quelqu'un

L'un ou l'autre — *entoure ton choix* :

Individualisme *ou* Esprit d'équipe

Verre à moitié plein *ou* Verre à moitié vide

Ambitieux *ou* Dilettante

Romantique *ou* Réaliste

Peur de l'échec *ou* Motivé par le succès

Spontanéité *ou* Stabilité

* Désolé, il n'y a rien à gagner.

Dans la vie, rien n’est plus important qu’établir des liens avec d’autres humains.

Maintenant que ta tribu adorée
s’est épanchée dans ta capsule temporelle,
cette merveille mémorielle est prête
à rejoindre les couloirs du temps.

Et chaque année qui passera
la rendra plus moelleuse et délicieuse encore.

Et maintenant ?

**Tu peux carrément l'enterrer
ou le mettre au grenier.**

Tu peux l'oublier volontairement
ou mettre en place un petit rappel.

Savais-tu que tu peux programmer l'envoi
d'un e-mail à toi-même dans le futur ?

On remet ça ?

Nouveau chapitre, nouveau livre, nouvelle page ?

Quel meilleur moyen de démarrer
une autre aventure qu'en te lançant
dans un nouveau projet collectif ?

Tu es promis à de nouvelles amitiés...

Laisse un commentaire...

Si tu as adoré ce livre, laisse
un commentaire quelque part.

Semons des capsules temporelles
de papier pleines d'amour
aux quatre coins du monde.

#**matribu** #**àenterrerunefoisnoirci**